L'Arène
du Grand-Duc

© Hachette Livre, 2015 pour la présente édition. Tous droits réservés.
Novélisation : Natacha Godeau.
Conception graphique : Valérie Gibert & Philippe Sedletzki.

Hachette Livre, 43 quai de Grenelle, 75015 Paris.

POKÉMON

LA SÉRIE

XY

L'Arène du Grand-Duc

hachette
JEUNESSE

Pikachu

Ce Pokémon de type Électrik est extraordinaire !
Pikachu a été le premier Pokémon de Sacha.
Quoi qu'il arrive, il fait toujours confiance à son
Dresseur et se donne à fond lors des combats.
D'ailleurs, il ne quitte jamais Sacha :
on peut même dire que c'est
son meilleur ami !

Sacha

Sacha vient de Bourg Palette,
un petit village de la région
de Kanto. Il parcourt
le monde pour accomplir
son rêve : devenir
un Maître Pokémon.
Mais avant ça,
il doit s'entraîner
à devenir le meilleur Dresseur ! Et il est sur la bonne voie :
c'est un garçon tellement gentil que tout le monde veut
devenir son ami, même les Pokémon qu'il rencontre !

CLem

La petite sœur de Lem n'a pas la langue dans sa poche et agit parfois sans réfléchir ! Même si elle n'a pas l'âge d'être Dresseuse, elle suit son frère partout. Elle trouve tous les Pokémon mignons et adore les caresser !

Lem

Timide et intelligent, Lem est féru d'électronique. D'ailleurs, il met sans cesse au point de nouvelles inventions… souvent défectueuses ! C'est aussi un excellent Dresseur, qui aime passer du temps avec ses Pokémon.

Serena

Serena s'entraîne pour marcher sur les traces de sa mère, une ancienne championne de course à dos de Rhinocorne. Mais elle n'est pas vraiment passionnée par ce sport. Alors, elle décide de suivre Sacha dans son aventure, pour trouver sa propre vocation !

Dedenne

Lem a capturé Dedenne pour sa sœur. En attendant de devenir Dresseuse, Clem le surveille et le chouchoute. Ce Pokémon de type Électrik et Fée peut communiquer à distance grâce à ses moustaches.

Marisson

Le fidèle compagnon de Lem est un Pokémon de type Plante, aussi coquin que gourmand ! Il adore les macarons de Serena et pourrait en manger toute la journée. Lorsqu'il rassemble ses forces, ses piquants souples deviennent si durs et acérés qu'ils pourraient transpercer un rocher.

Feunnec

Ce Pokémon de type Feu est le premier Pokémon de Serena. Il fait toujours de son mieux pour aider sa Dresseuse et n'a pas peur de mettre à l'épreuve ses talents de combattant ! Une chaleur brûlante émane de ses oreilles, ce qui lui permet de garder ses adversaires à distance.

La Team Rocket

Jessie, James et le Pokémon parlant Miaouss forment
un trio diabolique. Et ils sont plus déterminés que jamais
à capturer Pikachu ! Cette fois, leur chef, Giovanni,
leur a donné la mission de conquérir Kalos.
Et pour y parvenir, la Team Rocket doit attraper
le plus de Pokémon possible…

Chapitre 1

Retrouvailles

Relifac-le-Haut, enfin ! Sacha et ses amis Lem, Clem et Serena découvrent avec ravissement la petite ville de montagne. C'est ici que se trouve l'arène de Lino. Et Sacha a bien l'intention, non seulement de le défier, mais aussi de gagner ! Il décrocherait ainsi son deuxième Badge d'Arène de la région de Kalos... et contre un Champion exceptionnel, qui plus est. Car Lino est si fort qu'il a même remporté le titre suprême de Grand-Duc au Château de Combat.

— J'ai trop hâte d'affronter Lino ! s'exclame Sacha. On fonce à l'arène, d'accord ?

— Pika-pika ! accepte Pikachu, son fidèle Pokémon Souris.

Et le Dresseur court en direction de la place principale.

— Non, Sacha, attends ! proteste Serena. Mon guide est formel : l'arène se trouve là-haut !

Elle indique le sommet d'une montagne vertigineuse, aux portes de la ville. Sacha n'en revient pas : il n'a jamais rien vu de pareil au cours de ses voyages de Dresseur Pokémon !

Peu après, le petit groupe arrive au pied de la montagne. Sans hésiter, tous s'engouffrent dans le tunnel qui perce la roche. Ils traversent le souterrain, au bout duquel s'élève une paroi à ciel ouvert.

— Voici l'arène ! dit Serena en pointant l'index vers le sommet.

— Ah oui ? s'étonne Sacha. C'est bizarre... Vous avez vu, toutes ces prises multicolores ? On dirait un mur d'escalade !

Soudain, il aperçoit Lino, justement occupé à faire de la varappe le long de la paroi.

— Hé, Lino ! Bonjour !

Le Champion se retourne. Sacha ajoute :

— Vous vous souvenez de moi ? Nous nous sommes rencontrés au Château de Combat. J'avais promis de venir vous défier...

— Je n'ai pas oublié, Sacha de Bourg Palette, répond Lino

en souriant. D'ailleurs, je suis prêt à t'affronter. Grimpe me retrouver !

Le garçon hésite. C'est très haut ! Mais Lino insiste :

— La Zone de Combat est au sommet, Sacha. Mon arène est de type Roche. J'ai donc pensé que mes visiteurs pourraient escalader la paroi, comme moi !

Si Clem semble enthousiaste à cette idée, Lem et Serena grimacent.

— Rassurez-vous, il y a aussi un ascenseur, précise Lino. Chacun fait comme il veut !

Et si tu n'as pas envie de relever le défi de la varappe, Sacha, cela n'empêchera pas notre combat d'avoir lieu.

— Bien sûr que j'ai envie de le relever, ce défi ! grogne le Dresseur.

Et sous l'œil admiratif de ses amis, il se met à grimper en direction de Lino. Il s'applique, serre les dents. C'est difficile ! Il dérape même sur une prise et menace de dégringoler. Mais il se rattrape

et à force de volonté, il rejoint Lino au sommet.

— Excellent, Sacha ! le félicite le Champion d'Arène. Tu as su vider ton esprit afin de te concentrer sur un unique objectif : arriver en haut ! C'est ce que j'attends de mes visiteurs, qu'ils se focalisent sur leur but.

Ainsi, ils ont l'esprit en paix pour combattre !

Tandis que Sacha et Lino prennent place dans l'arène, Lem, Clem et Serena sortent de l'ascenseur, impatients d'assister à la rencontre.

— Voici les règles ! annonce alors l'arbitre. Le Champion a le droit d'utiliser deux Pokémon, et le visiteur, trois. Seul ce dernier peut changer de Pokémon au cours du duel.

À ces mots, Lino brandit sa Poké Ball.

— Onix, je te choisis !

— À toi de jouer, Grenousse !
réplique Sacha.

Lem approuve la stratégie de
son ami : son Pokémon de type
Eau devrait en effet avoir
l'avantage sur le Pokémon de
type Roche du Champion.
Malgré tout, Serena s'inquiète…

Chapitre 2

Première victoire

Clem fronce les sourcils.

— Qu'y a-t-il, Serena ? Tu as un problème ?

— Non, mais je me fais du souci pour Sacha. Son adversaire est vraiment très fort, cette fois...

Lem acquiesce.

— C'est bien pour cela que Sacha s'est autant entraîné sur le chemin de Relifac-le-Haut, note-t-il.

— Justement ! soupire Serena. Il tient à décrocher ici son deuxième Badge d'Arène. Vous imaginez sa déception, s'il perd ?

— Il ne perdra pas, car on va tous l'encourager de tout notre cœur ! réplique joyeusement Clem.

— De-denne ! renchérit son Pokémon Antenne en surgissant brusquement de son sac.

Dans l'arène, les adversaires se font face. L'arbitre lève la main.

— Attention ! Que le combat commence !

Sacha ne perd pas un instant.

— Grenousse, utilise Vibra-qua !

— Lance Luminocanon, Onix ! riposte Lino.

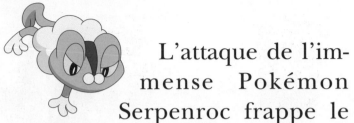

L'attaque de l'immense Pokémon Serpenroc frappe le Pokémon Crapobulle de plein fouet. Mais ce dernier se redresse avec détermination. Ni lui ni Sacha ne sont du genre à baisser les bras pour si peu !

— Du cran, Grenousse, on continue ! s'écrie le Dresseur.

Lino semble satisfait.

— Dans ce cas, Onix, enchaîne avec Poliroche !

Afin d'esquiver les coups, Grenousse se met à zigzaguer à toute vitesse sur la piste.

Le Champion d'Arène éclate de rire.

— Belle erreur, Sacha : il ne faut pas te fier aux apparences. La taille gigantesque d'Onix ne l'empêche pas d'être aussi rapide que ton minuscule Pokémon Crapobulle, tu sais ! D'ailleurs, tu vas voir... Onix, poursuis Grenousse !

Le Pokémon Serpenroc fait preuve d'une agilité surprenante, en effet. Il menace d'attraper son adversaire. Sacha s'interpose.

— Surtout, ne t'affole pas, Grenousse ! Sers-toi de Reflet pour t'échapper !

En moins de deux, une multitude de Grenousse se met à courir autour d'Onix qui ne sait plus où donner de la tête.

— Pas mal ! apprécie Lino, bon joueur. Mais il t'en faudra plus pour résister à notre

spécialité, Sacha... Onix, lance Tomberoche !

Il s'exécute, et un déluge de pierres s'abat sur l'arène.

— La fameuse attaque Tomberoche ! se réjouit tout bas Sacha, avant d'ajouter à voix haute :

— Le moment est venu de tester la valeur de notre entraînement, Grenousse !

Sans hésiter, le Pokémon Crapobulle prend son élan et bondit de pierre en pierre avec une dextérité incroyable. Il se hisse ainsi jusqu'à se retrouver face à face avec Onix. Lino n'en revient pas.

— Comment est-ce possible ? D'habitude, notre Tomberoche est d'une puissance implacable !

— Oh, je le sais : je vous ai vus à l'œuvre, au Château de Combat ! répond Sacha. Voilà pourquoi on s'est exercé sans relâche, avec Grenousse. On est devenu des experts anti-Tomberoche.

—J'avoue que votre technique m'impressionne, le félicite Lino en s'inclinant avec respect.

Sacha rosit de fierté.

— Merci ! On l'a inventée ensemble.

On l'a appelée : Grimpe
Tomberoche. Maintenant,
Grenousse, envoie Vibraqua !

Le coup déstabilise Onix.
Lino réagit aussitôt :

— Utilise Queue de Fer, vite !

— Esquive, Grenousse !
ordonne Sacha.

Le Pokémon Crapobulle évite l'attaque, puis il se hisse à nouveau jusqu'à la tête de son adversaire et s'y cramponne.

— Vibraqua ! ordonne encore Sacha.

Cette fois, Onix est piégé : il s'écroule sur la piste.

Chapitre 3

Un adversaire à la hauteur

— Onix n'est plus capable de se battre. Grenousse remporte cette première manche ! déclare l'arbitre.

Lem, Clem et Serena sont fous de joie pour leurs amis.

— Bravo, vous avez été fantastiques ! les acclament-ils en chœur.

— Oui, je l'admets, Sacha : tu es à la hauteur de ta réputation, remarque Lino.

Le Dresseur apprécie le compliment.

— Merci ! Grenousse s'est entraîné courageusement pendant des jours, sans jamais rien lâcher, cette première victoire récompense ses efforts. Mais je ne m'y trompe pas, Lino. Le combat est loin d'être terminé... et j'ai la ferme intention de décrocher mon Badge d'Arène de Relifac-le-Haut !

— Parfait ! Voici donc mon deuxième Pokémon : Ptyranidur ! Te sens-tu prêt à l'affronter ?

Sacha le contemple d'un air perplexe. Il ne connaît pas du tout son prochain adversaire... Intrigué, il interroge son Pokédex, l'encyclopédie électronique des Pokémon :

— Ptyranidur, le Pokémon Prince. Ses mâchoires surpuissantes peuvent broyer une

voiture. Issu d'une espèce
fossile, il possède un caractère
violent et colérique.

— Mince, il va falloir te
montrer prudent et éviter de
te faire mordre, Grenousse,
souffle le garçon.

Au bord de l'arène, Lem
s'inquiète.

— Ptyranidur est particulièrement redoutable, j'espère que Sacha en a conscience...

— Pourquoi dis-tu ça ? demande Serena.

— Parce que Ptyranidur est un Pokémon à la fois de type Roche et de type Dragon, réplique-t-il.

Près de lui, Clem frémit. Son ami va devoir se surpasser... Soudain, l'arbitre réclame le silence.

— Avant de reprendre le combat, notre visiteur doit préciser s'il souhaite changer de Pokémon !

—Je continue avec Grenousse, décide Sacha.

— Dans ce cas, vous pouvez commencer !

Le Dresseur réfléchit. Comme Grenousse a déjà affronté Onix, il a perdu une partie de son énergie. De son côté, Ptyranidur est le dernier Pokémon que Lino puisse présenter. L'idéal serait donc d'en finir le plus tôt possible !

— Grenousse, on va frapper fort dès le début en lançant Reflet ! commande-t-il.

— Riposte avec Tomberoche, Ptyranidur ! s'exclame Lino.

Sur la piste, la scène est saisissante : des dizaines de Grenousse tournent autour de Ptyranidur sous une averse de pierres spectaculaire. Sacha motive son compagnon :

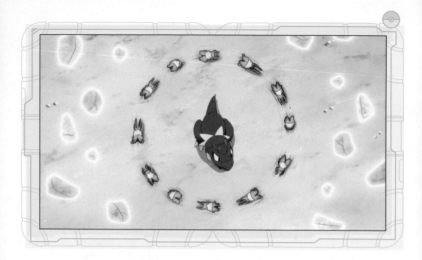

— N'abandonne pas, Grenousse ! Utilise Grimpe Tomberoche, suivi d'Écume !

Le combo inédit se révèle très efficace. Mais Lino anticipe la suite des événements...

— Ne crie pas victoire trop vite, Sacha ! Je possède un atout... Saute, Ptyranidur !

Le Pokémon Prince esquive sans peine l'attaque de son adversaire en se propulsant haut, très haut dans les airs.

— À présent, jette Draco Météor ! enchaîne le Champion.

Une pluie de roches enflammées s'abat immédiatement sur Grenousse, qui s'effondre. L'arbitre avance au centre de l'arène.

— Ptyranidur gagne cette deuxième manche !

Chapitre 4

Le combat final

Un éclair de satisfaction illumine le regard de Lino.

— Alors, Sacha, que penses-tu de mon Ptyranidur ? Difficile de faire mieux, n'est-ce pas ?

— Sans doute, admet le garçon. Mais j'ai plus que

jamais envie de remporter ce combat !

Sur quoi, il brandit une Poké Ball.

— Passerouge, à toi de jouer !

Le Pokémon Rougegorge surgit en pépiant.

— Utilise Coupe-Vent ! s'écrie Sacha.

— Contre avec Mâchouille ! rétorque Lino.

Et sous le regard effaré de l'assemblée, Ptyranidur engloutit d'un coup de mâchoire l'attaque de son adversaire !

— Ne te laisse pas intimider, Passerouge ! l'encourage Sacha.

Lance immédiatement Reflet, avant de charger avec Aile d'Acier !

Hélas, Lino ordonne :

— Draco-Queue !

Et le Pokémon Prince exécute un autre bond magistral. Lem n'arrive pas à y croire.

— Il se propulse tellement haut ! En plus, il parvient à

demeurer suspendu un moment dans les airs... Dans ces conditions, ce pauvre Passerouge ne bénéficie plus de son avantage de type Vol.

À l'aide de Draco-Queue, Ptyranidur réduit à néant l'attaque Reflet du Pokémon Rougegorge. Ce dernier se défend cependant avec bravoure, mais les forces sont inégales, et la lutte vaine : son adversaire l'envoie au tapis en quelques secondes.

— Passerouge ne peut plus continuer. Ptyranidur remporte le duel ! annonce l'arbitre.

Sacha est un peu surpris par la rapidité du combat. Mais son Pokémon a donné son maximum, il n'a rien à lui reprocher.

— Merci, Passerouge, tu n'as pas démérité ! lui murmure le Dresseur en lui faisant réintégrer sa Poké Ball.

Puis, à l'adresse de Pikachu :

— Il ne reste plus que toi pour m'aider à vaincre le Champion d'Arène, mon vieux copain... Je suis sûr que tu vas y arriver !

— Quelle audace, Sacha ! À ta place, je me méfierais, ironise Lino. Ton Pikachu est très doué. Néanmoins, c'est un simple Pokémon de type Électrik... il ne fera pas le poids contre mon formidable Ptyranidur !

— C'est ce que nous verrons ! rétorque le garçon, agacé. Pikachu, utilise Vive-Attaque !

Crépitant d'électricité, le Pokémon Souris se précipite sur son adversaire. Lino réagit :

— Mâchouille, Ptyranidur !

Ni une, ni deux, Pikachu se soustrait à l'impact en sautant par-dessus le Pokémon Prince, dont les mâchoires se referment dans le vide. Contrarié, il jette Draco Météor.

— Pikachu, Queue de Fer ! hurle Sacha.

Le Pokémon Souris dévie ainsi la trajectoire de la boule de feu. Puis, s'élançant du sommet du

crâne de Ptyranidur, il se pro-
jette droit sous la pluie de
roches enflammées !

— Oh non ! panique Clem.

— Ne crains rien, il sait ce
qu'il fait ! affirme Sacha.
Maintenant, Pikachu, utilise
Grimpe Draco Météor !

Et comme Grenousse plus
tôt, avec Grimpe Tomberoche,

le Pokémon Souris bondit de roche en roche, esquivant les flammes ! Serena, Lem et Clem sont émerveillés. Quant à Lino, il ne s'attendait pas à un tel coup de maître !

— Incroyable ! lâche-t-il, complètement bluffé. Ptyra-nidur, il faut en finir : lance Draco-Queue !

— Queue de Fer, Pikachu ! se hâte de répondre Sacha.

Et les deux adversaires se percutent violemment en plein ciel...

Chapitre 5

Et c'est reparti !

Ni Ptyranidur ni Pikachu ne s'avouent vaincus. Ils retombent face à face sur la piste, prêts à en découdre.

— Quelle détermination ! s'exclame Lino. Tu as bien entraîné ton Pikachu, Sacha.

— On s'améliore sans cesse, rétorque-t-il, fanfaron. Encore une petite démonstration ?

Le Champion sourit.

— Oui, mais c'est moi qui vais te la donner, en achevant ce combat avec mon attaque fétiche : Tomberoche !

Ptyranidur provoque le déluge de pierres désormais familier. Qu'à cela ne tienne, Sacha a un plan...

— Pare avec Queue de Fer, Pikachu !

Le Pokémon Souris renvoie les pierres à son adversaire,

de façon à ce que l'une d'elles lui bloque la mâchoire.

— Génial ! commente Lem. Ptyranidur doit renoncer à utiliser Mâchouille, ce qui va permettre à Pikachu de mener une attaque de front !

En effet, Sacha enchaîne :

— À notre tour d'employer notre attaque fétiche, Pikachu ! Lance Tonnerre !

— Pika-pika !

Et le Pokémon Prince se trouvant dans l'impossibilité de détourner le rayon électrique, il s'affale contre un rocher, sonné.

— Ptyranidur n'est plus capable de se battre, Pikachu gagne la partie, offrant ainsi la victoire finale à notre visiteur de Bourg Palette ! proclame l'arbitre.

— On a réussi ! On a réussi ! s'écrie Sacha.

— Youpi ! Vous êtes les meilleurs !

Lem, Clem et Serena les rejoignent sur la piste, où Lino salue la magnifique performance de son adversaire.

— Tu as été extraordinaire, Sacha. C'est un honneur d'avoir combattu contre toi !

— Oh, voyons ! bredouille le garçon, gêné. J'ai eu de la chance...

Le Champion secoue la tête.

— Pas de modestie : tu es un fabuleux Dresseur Pokémon. Profite de ta victoire !

— Eh bien, merci, alors ! Mais il faut surtout féliciter Grenousse, Passerouge et Pikachu ! note Sacha.

À cet instant, l'arbitre approche, un coffret à la main. Lino y prend un badge et déclare :

— Tous mes compliments, Sacha ! Avec ton équipe de

Pokémon, vous avez relevé le défi de l'Arène de Relifac-le-Haut, et franchi tous les obstacles. Tu as bien mérité ce Badge Mur !

Il tend l'insigne au Dresseur, qui le place avec soin dans sa boîte spéciale.

— Hourra ! J'ai décroché mon deuxième Badge d'Arène de la région de Kalos !

Un peu plus tard, Lino raccompagne Sacha et ses amis au pied de la montagne.

— Alors, quelle est votre prochaine destination ? interroge-t-il.

— Je sais : la ville de Yantreizh ! suggère Serena. J'ai toujours rêvé de visiter la Tour Maîtrise, là-bas !

Lino acquiesce.

— Bonne idée ! L'Arène y est très originale...

— Originale ? Comment ça ? s'étonne Sacha.

— Tu le découvriras par toi-même, souffle le Champion. Mais ça te plaira !

— Dans ce cas, vivement Yantreizh ! Au fait, Lino, j'espère qu'on se reverra ?

— Évidemment, Sacha ! Tu dois m'offrir ma revanche au Château de Combat !

Serena fronce les sourcils.

— Euh, Sacha : pour affronter Lino au Château de Combat, il faudra d'abord que tu obtiennes le titre de Grand-Duc, comme lui...

— J'avais oublié ce détail ! s'écrie le garçon. Je n'ai plus qu'à devenir Grand-Duc, alors ! D'ailleurs, je gagnerai aussi la Ligue de Kalos ! Et je finirai même Maître Pokémon !

Lino lui serre la main d'un air amusé.

— Je n'en doute pas une seconde, Sacha. Mais commence déjà par remporter ton troisième Badge d'Arène !

Sacha sourit, avant de lancer :

— En avant, les amis : c'est reparti pour l'aventure !

Et le petit groupe se remet en route en riant, direction la mystérieuse Arène de Yantreizh !

Fin

Ptyranidur

Types :

Roche

Dragon

Catégorie :

Pokémon Prince

Issu d'une espèce fossile qui vivait il y a
100 millions d'années, Ptyranidur est réputé
pour son caractère violent et colérique...
Redoutable adversaire, il est capable de sauter
à plusieurs mètres de haut, et on dit que
ses mâchoires surpuissantes peuvent broyer
une voiture !

Le voyage de Sacha
est loin d'être terminé !
Retrouve le Dresseur
dans le prochain tome :

Les secrets
de la Méga-Évolution

Sacha et ses amis arrivent à Yantreizh,
pour y affronter la Championne d'Arène,
Cornélia, et son redoutable Lucario.
Ils apprennent bientôt que la jeune fille
rêve de faire méga-évoluer son Pokémon...
Serait-ce enfin l'occasion pour Sacha
d'en apprendre plus à ce sujet ?

Pour en savoir plus, fonce sur le site
www.bibliotheque-verte.com

Tu as toujours rêvé de devenir
un Dresseur Pokémon ?
Tu as de la chance :
grâce à cette nouvelle histoire,
tu vas pouvoir faire tes preuves.
Tu es prêt ? Cette fois-ci
c'est à *ton tour* de tous les attraper !

As-tu déjà lu les premières histoires de Sacha et Pikachu ?

Le problème de Pikachu

Un mystérieux Pokémon

Le combat de Sacha

La capture de Vipélierre

Le secret des Darumarond

Un fabuleux défi

La revanche de Gruikui

Le huitième Badge

**Le pouvoir
de Meloetta**

**La Ligue
d'Unys**

**Le réveil de
Reshiram**

**Le tournoi
Pokémon Sumo**

**Aventures
à Kalos**

**La Championne
de Neuvartault**

**Mystère
à Illumis**

**Le Château
de Combat**

TABLE

Ⓗhachette s'engage pour
l'environnement en réduisant
l'empreinte carbone de ses livres.
Celle de cet exemplaire est de :
300 g éq. CO_2
Rendez-vous sur
www.hachette-durable.fr

PAPIER À BASE DE
FIBRES CERTIFIÉES

Photogravure Nord Compo - Villeneuve-d'Ascq
Imprimé en Espagne par CAYFOSA
Dépôt légal : janvier 2015
Achevé d'imprimer : décembre 2014
30.8894.2/01 – ISBN 978-2-01-401833-2
Loi n° 49956 du 16 juillet 1949
sur les publications destinées à la jeunesse